卒業―ここからはじまる

高丸もと子 詩集

あしたになれば

小雪ちらつく　夜明け前
梅が一輪　咲きました
梅が一輪　咲いた時
かすかな音が　鳴りました
空のカギを　開ける音
梅一輪の　空のカギ

だれも知らない　夜明け前
あしたも一輪　咲くでしょう

あしたになれば
あしたになれば
だれかの心に　咲くでしょう
梅一輪の花のカギ

あしたになれば
あしたになれば
だれかの心も　開くでしょう
梅一輪の空のカギ

卒業 — ここからはじまる　目次

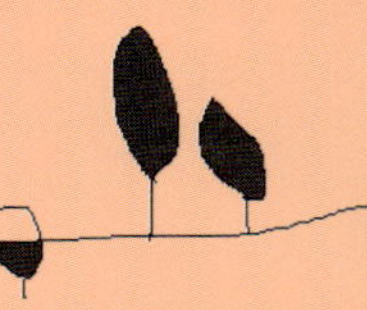

Ⅱ　季節の中で

ポエム・ことばの絵本

卒業 — ここからはじまる　目次

Ⅲ　卒業

Ⅳ 曲集 歌をあなたに

楽譜集

表紙画：清水良雄
「赤い鳥」第十三巻第五號　より

イラスト：SAKO Mayumi

Ⅰ　一年生　ハーイ

キャッホー

一ねんせいのまえは　なんねんせい
0ねんせい
ひえ～
○（まる）ねんせい

めも
ちきゅうも
おひさまも
みんなまる！

でっかいまるから
いちねんせいがとびだしたあ！

こうちょうせんせい

にゅうがくしきのとき
こうちょうせんせいがいいました

ひとりで　おきたひと　ハーイ
かおを　あらってきたひと　ハーイ
おはようと　いえたひと　ハーイ

こうちょうせんせいも　ぼくといっしょで
ぜんぶ　てをあげました
こうちょうせんせいも　かしこいひとですね

ひみつ

え　もう　いちねんせい　はやいねえ
となりの　おばあちゃんが　びっくりしました

がんばれよ　おとうさんが　いいました
おともだちと　なかよくね　おかあさんがいいました

ぼくは　いちねんせいです
じぶんのなまえも　かんじで　かけます

でもぼくは　ねるとき
バスタオルの　みみをすいます
かじるときも　あります

これは　ぼくの　ひみつです

ぼくの　そうぞう

にわとりは　いちねんせいになったら
ピヨピヨ　ではなく
コケコッコー　です

カラスは　いちねんせいになっても
カアー　カアー　です
でも　けんかしたときは
アホー　アホー　というかもしれません

がっこうたんけん

りかしつは　シーンとしていてくらいです。
ガイコツが　ぼうっとたって　こっちをみていました

ちょっとさわったら　あたまが　パカンとおちました
「かつらが　とれた」
とぼくがいうと　だいくんが
「これは　かつらではない　のうみそ」
といいました

「かつらをもどさないと」
とぼくとやっくんがいうと
「これは　かつらではない　のうみそだってば！」
とだいくんがおこっていいました

こわいゆめ

おばけにおいかけられて　ぼくがしにました。
ぼくがしんだとき　ぼくはなきました
おかあさんも　なきました
おばあちゃんも　なきました

めがさめて　ぼくはいきていました
ヤッターとおもいました

おかあさんが　はやくしなさい　ちこくするよ　といいました
ぼくは　げんきよく　ハーイ　といいました

かおをあらうとき　おばあちゃんに　ゆめのはなしをしました
よかったね　といってくれました

るすばん

ぼくがちいさいとき
ひとりで　るすばん　できたんだった
あめがふってきたから　ほしてあった　おふとんを
へやにいれようとしたけど　だめで
ぬれながら　ベランダで　ないていたんだって

いま　ぼくはいちねんせいです
ぼくは　るすばんがこわいです
ピンポーンとなりませんように
どろぼうがきませんように
あめがふっておばけがきませんように
犬のベルは　ねてばかりで　のんきです

がくどうほいく

みんながかえったあと
ぼくは　がくどうほいくの　きょうしつにいきます

ひびきくんは三ねんせいで　ドッジボールがつよいです
ぼくがうけると
一ねんせいなのに　えらいぞ
といってほめてくれます

まえ　ひびきくんをよぶとき
ひびきー！
とよんだら　ひびきくんがきて
よびすてにするな
ひびきくんとよべ
といってぼくにちゅういしました

けんだま

ぼくはけんだまで　二00かいを　めざしています
ぼくのライバルは　三ねんせいの　ちひろさんです

けんだまの　れんしゅうをしていたら
おじいちゃんが　やかましい　といいました

あした　しあいがあると　いったら
しっかりれんしゅうしなさい　といいました

歯(は)がぬけた

うたを　うたっているとき　歯がぬけました
せんせいに　みせると
きれいな歯だなあ
よめさんの　ゆびわになるぞ
といったので
へぇーといってみんなわらいました

りこちゃんは
きもちわるそうなかおで
すこしだけ　わらっていました

ぼくのおよめさん

ぼくのおよめさんは
こんなひとと　きめています
かみのけの　ながい　おんなのこ
スカートを　はいているこがいいです

およめさんになるひとに
いぬは　すきですか
とききます
はい　すきです
といったら　そのひとにきめます

たからもの

ぼくはきれいな石を　あつめています
きょうりゅうの　キバもあります
もし　びんぼうになって　すむいえも　なくなったら
この　ほうせきを　うろう
とおとうさんが　いいました
おとうさんは　ほんものの　ほうせきだとおもっていますが
ほんとうは　ぼくのあそびです

くじらぐも

ドッジボールをしていたら
りこちゃんが
あっ　くじらぐも　といいました
みんなでみていると
ひこうきが　くじらのなかに　はいっていきました
ひこうきが　くじらのおしりから　でてきました
だいくんが
うわあ　くじらのうんこだあ
といったので　みんなわらって　てをたたきました

やごとり

プールのそこが　ぬるぬるしています
やっくんは　アメンボも　ついでに　つかまえました

やごは　ここまでこい　といって
たておよぎをして　さそってきます

バケツにやごをいれるとき
やごの　ぬけがらが　プールサイドにおちていました

かぜがふくと　はしっていきます
ぬけがらも　まだいきていました

みずぎのひも

ゆうくんの　みずぎのひもが　かたくて
おしっこに　いけなくて　なきそうになっていました

せんせいにも　ほどけないくらい　かたくなっていました
せんせいが　ハサミで　ひもを　きりました
そのとき　ゆうくんのしろい　おへそがみえました

トイレに　はしっていくとき
おしりも　はんぶん　みえていました

だいくんが
みるな
みるな
といいながら　わらって　みていました

ゆうくんが　かえってきたとき
みんなも　すっきりした　きぶんになりました

かみさまのおかえし

すいとうの　かけるところが　きれて
すいとうが　くびから　おちました

やっくんが　ぼくの　すいとうを　けっていきました
ぼくはすいとうの　ぶひんを　さがしました

なくのを　がまんして　さがしていたら
やっくんが　はなぢを　だしました

みんなは　どうしたんといって

やっくんの　ところへ　はしっていきました
やっくんが　ぼくの　すいとうを　けったから
かみさまが　ぼくのおかえしを
やっくんに　したのかなあ

かみさま
やっくんをゆるして
ぼくの　ぶひんを　おねがいします

けんか

なけへんぞ
なけへんぞ
といってるのに
こころが　かってに　ぼくを　なかしてきます

なんやねん
なんやねん
といって　ぼくは　じぶんを　がんばらせます

にんげんは
けんかをするように　なっています
でも　なかなおりもできます
それは　すきどうしだから
とおかあさんが　いいました
ぼくと　やっくんは
すきどうしではありません
ぼくと　やっくんは
おとこどうしの　しんゆうです

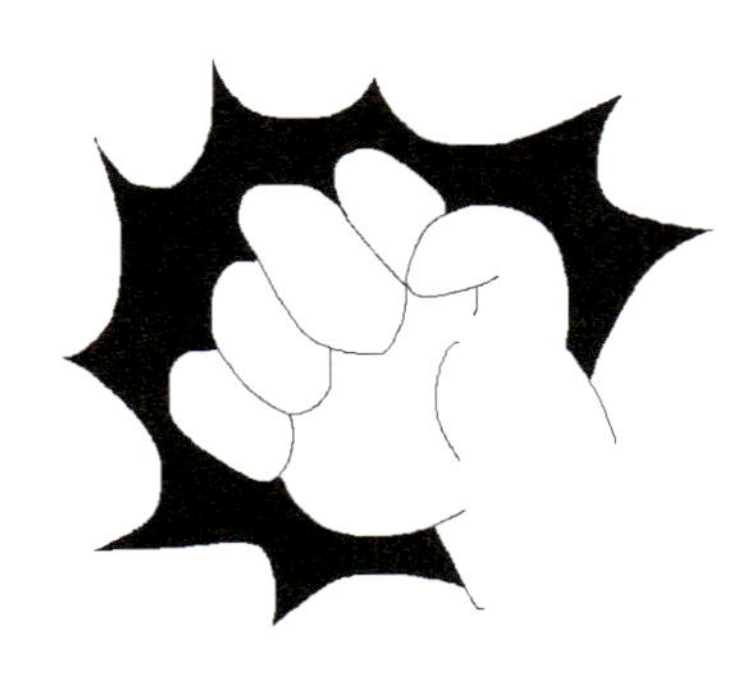

アリのたまご

がっこうの　うらにわを　たんけんしました
石をどけると　おこめのようなしろいのが　ぎっしりならんでいました
アリがすごい　スピードで　ちらばっていきます
たまごを　くわえて　いきます

やっくんが　いそいで　だいくんたちを　よびにいきました
きたときには　もう　たまごも　アリも　なくなっていました

アリの
のうみそと
しんぞうを
ぼくは　みてみたいです

もうすぐなつやすみ

ジジッー

あっ　せみ

ジジッー　ジー
ジジッー　ジー

ベルが　なっているみたい
わかった
なつやすみですよーって

ねっ　せんせい
そうでしょ

リレーのれんしゅう

うんどうかいで
ぼくはリレーの　ほけつになりました

れんしゅうのとき
六ねんのせんせいが
オオカミに　おいかけられていると　おもいなさい
といいます

オオカミに　おいかけられたら　こわいです
だから　ぼくは　かってに
ウサギに　おいかけられていると　おもって　はしっています

六ねんのせんせいには　ないしょです

マラソンたいかい

ぼくのしんぞうが
ヒートして
ゲームオーバーで
あかくなっていました

しんぞうが
でんちでなくて
よかったです

豆(まめ)まきの日

おにはそと
ふくはうち
こいこいこいこい
ここまで　こいこい

おっ　おおきくなったな
おっ　うまくなったな
おっ　めいちゅうするまで
まだまだだ

おにがまってた
うれしいひ

あたらしい一年生

あたらしい一年生がくるので
ぼくたちは　おおそうじをしました

かさたてや　くつばこに　はってあった
ぼくのなまえは　どろや　すなで
めくれかかっていました

はがしてきれいにふきました
どんなこが　ぼくのところにいれるのかなあ

いちねんぼうず
くそぼうず
くやしかったら
ここまでこい

そういって　あそんでやります
なくこは　いないとおもいます

Ⅱ　季節の中で

答えた

宇宙の中の地球
地球の中の北半球
北半球の中の日本
日本の中の本州
本州の中の近畿
近畿の中の大阪
大阪の中の守口
守口の中の守口小学校
守口小学校の中の六年生
六年生の中の一つのクラスで
となりの席の人とぼく

偶然に出会った
奇跡

机に光がさしている
一億五千万キロの宇宙から
今届いたばかりの光に
タッチする

先生がぼくにあてた
ぼくはとっさに
わかりませんと答えた

ここにいるわけ
ぼくは
——わかりません

プール開き

虹のシャワーをくぐって
子どもたちが
次々と
プールサイドにあがってくる
体についたシャワーのかけらは
まるで金のウロコ

ピチピチ光って
命がみなぎっている

プールの水面も
青空をピーンと張って
子どもたちを待っている

さあ
空を破って
飛び込め！

山登り

水を飲む
冷たい青空もいっしょに
トクントクンぼくの中に入ってくる

腹ばいになると
ドクンドクン
心臓の音が大地に吸い込まれていく

テントウムシがぼくの腕に着地した
どこから飛んで来たんだい
お日様のしずくを背中にのっけて
よしよし
ぼくにくれた登頂一番の勲章だな

友達ももうすぐやって来る
オーイ！
オーイ！
ここまで　こーい！
オーイ
オーイ
おれさまが待ってるぞう

キャンプファイヤー

点火！
火の粉が舞い上がっていく先に
赤くてきれいな星
じっと見ていると
体が軽くなって透き通っていく
みんなの姿が消えている

――30億年前にキミが置き忘れていたのを今届けにきました

急に賑やかになり
ぼくはみんなの輪の中にいた
手には丸い石があった
また声がした

——火星は今宵、５７５９万キロまで地球に接近しています
瞬間移動の奇跡の日です
さがしていたキミと目が合ったのでつながったのです
その石は火星のマリネリス峡谷にある宝石のオパールです
30億年前キミがそこに置き忘れて行ったものです

パチパチ炎のはぜる音
ぼくを呼ぶ友達の声
フォークダンスの曲が鳴り始めた

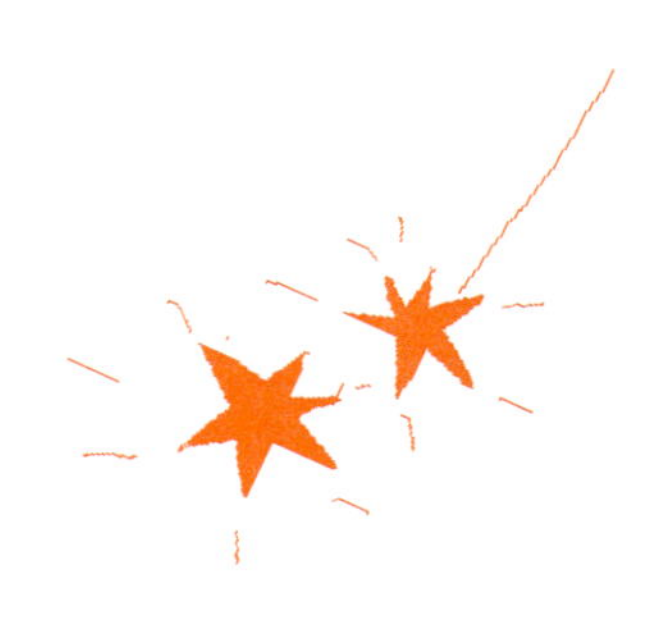

林間学舎の星降る浜辺

夜の浜辺を女子のグループだけで散歩する
波が打ち寄せるごとに
夜光虫が星のように光り砂浜に潜っていく
空にも
海にも
星がいっぱい

たくさんある星の中から
たったひとつの星と
出会える
出会いたい
出会えた
出会えるかもしれない
……

向こうの方で
打ち上げ花火をやっているジュンたちの笑い声が
聞こえてくる

チャイムが鳴った

体育館の裏庭のイチョウがまぶしい
青空のすきまから
キラッ
また　キラッ
葉っぱがふってくる

きれいね
後ろから声がした
少し気を遣っている感じ
ごめんって言われるよりずっとうれしい

たった一枚のキラッとしたものが
心にくっつくと

何かが変わっていきそう
気持ちの結び目のあとが
大切なものになっていく予感

気まずいことがあっても
みんな
きれいな空の下のできごと

チャイムが鳴った

クラス替えの朝

コウヅキくんと一緒のクラスになれますように
そればかり思っていると朝になった

体育館に入る
一組から名前が呼ばれていく
鼓動が激しくなってくる
ひとりの名前がよばれるごとに
心臓が飛び出しそうになる

次は二組
男子何人か過ぎたとき
「コウヅキ　ヒトシ君！」
ぼくの心臓は最大限に高鳴った

次の瞬間
ぼくの名前！
ぼくはシゲハルなのに先生はシゲジと呼んだ

心臓破裂寸前でセーフ
コウヅキくんとだきあった
ホームランベースを踏んできた気分

先生　ぼくはシゲジではありません
シゲハルです
長嶋茂雄の「茂」と王貞治の「治」です

転校してきた愛ちゃん

転校してきた愛ちゃん
いつも　わらっている
いつも　うれしそう

転校してきた愛ちゃん
いつも　手を挙げて答える
いつも　ひとをたすける

それなのに
愛ちゃんは　いじめられる
愛ちゃんは　いやがられる

ある日
愛ちゃんの　机の中
墨汁だらけ　真っ黒ベトベト

みんな　みんな知らん顔
愛ちゃん　ひとりでふいている
バケツの水を　何度も替えて

墨汁流した子　だれや
靴かくす子　だれや
だれや　だれや　だれや

みんな　みんな知らん顔
愛ちゃんが　言った
バケツをもって　立ったまま言った

せんせい　だれがうちに　わるさするのか
うち　知りとうない
うち　知ったら　その子　きらいになるから
うち　このクラスの子　好きやねん

　せやから　だれがしたのか　知りとうない
そう言って愛ちゃんは　また水を替えにいった

一人の男の子が雑巾をもってふきはじめた
あたらしいバケツにだれかが水をくんできた
女の子もだまってふきはじめた

窓の外は雨
六月の
六月の
雨の日のこと

ガイコツの愛の歌

おいらはガイコツ
骨をならして
ひびきぐあいをたしかめて
コッコツガイコツ
ガイコツの歌

おいらはガイコツ
嘘はつけない
隠すところもないからさ
スケスケガイコツ
ガイコツの歌

おいらはガイコツ

泣いていても
笑っていても同じ顔
ケタケタガイコツ
ガイコツの歌

風がふけば　風の歌
雨がふれば　雨の歌

コツコツガイコツ
おいらはガイコツ
あの子もガイコツ

星になって歌うのさ
風になって歌うのさ

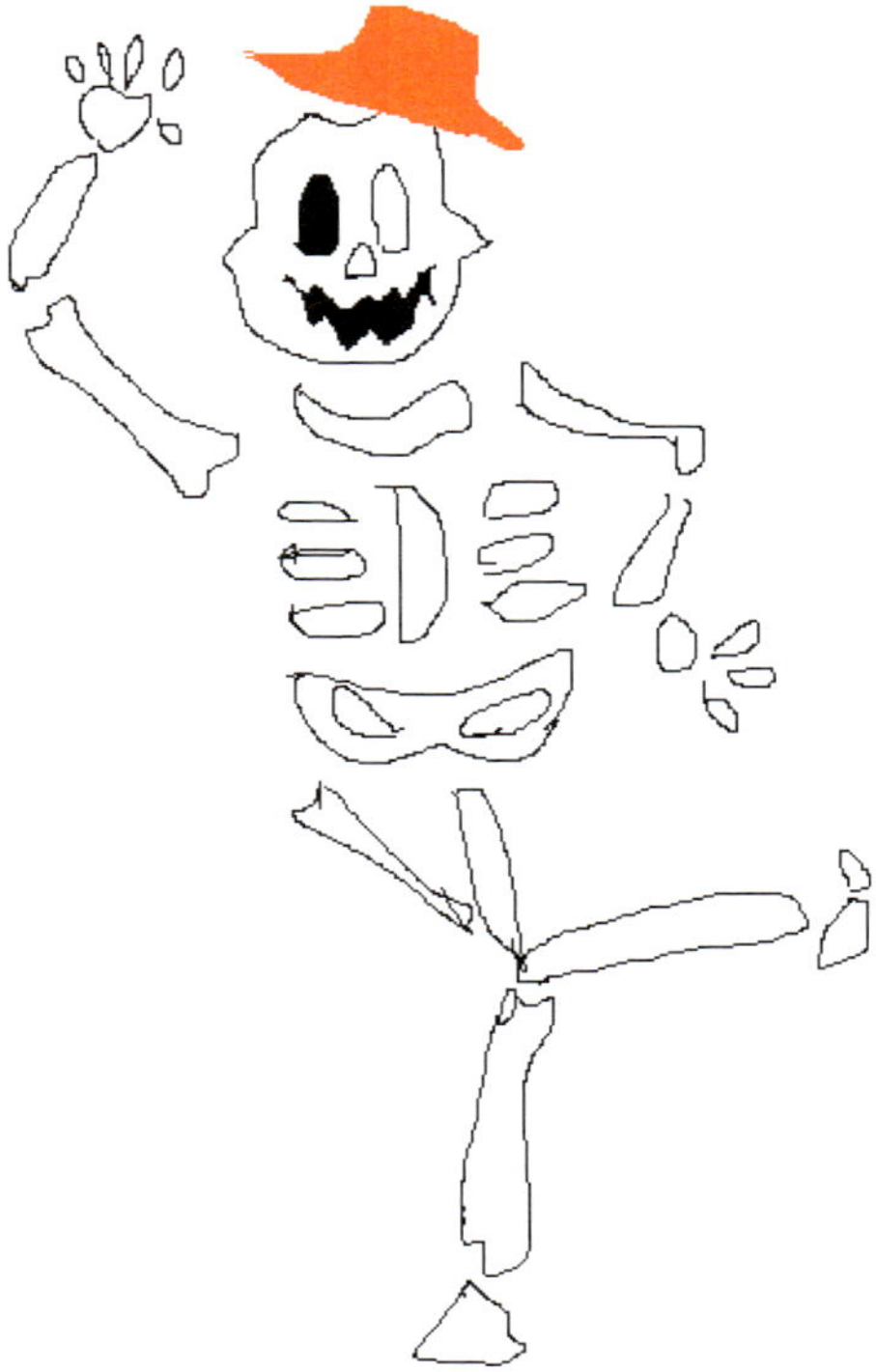

友だちワッショイ！

ワッショイ　ワッショイ　友だちワッショイ
ワッショイ　ワッショイ　集まれワッショイ

泣き虫　弱虫　怒り虫
集まれ　集まれ
ワッショイ　ワッショイ
かんしゃく玉に　火がついた
花火だ　花火だ
ワッショイ　ワッショイ　ワッショイ　ワッショイ
友だちみこしのお通りだ

ぶつかれ　ぶつかれ
ワッショイ　ワッショイ
けんかして　ぶつかれ
ワッショイ　ワッショイ
泣いて　笑って　笑って　泣いて

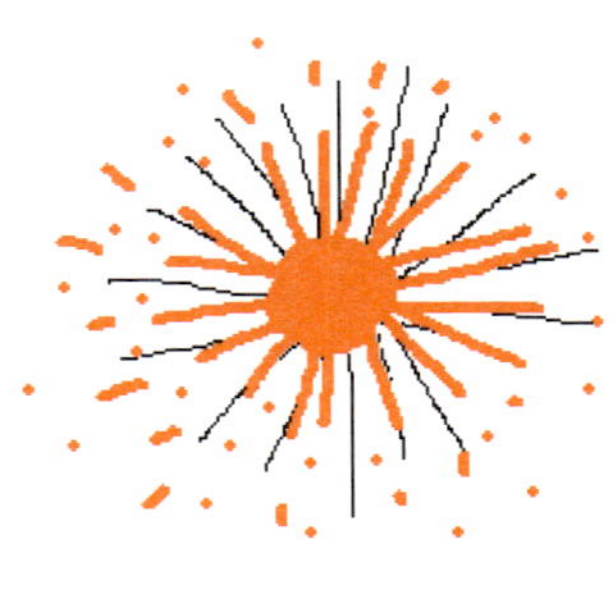
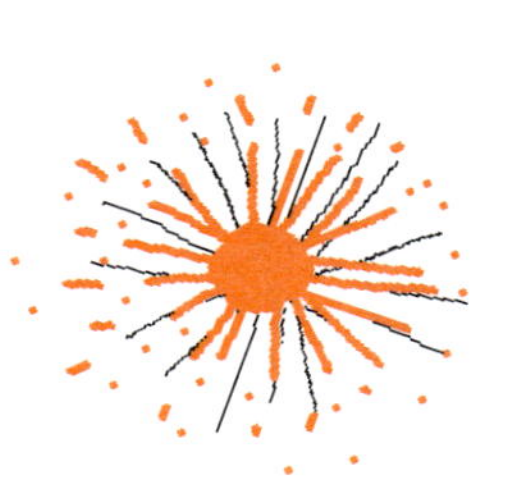

泣いたあとには　虹がでる
ワッショイ　ワッショイ　ワッショイ　ワッショイ
友だちみこしのお通りだ

困った時には
力をかすぞ
ワッショイ　ワッショイ
ひとりの力が　みんなの力に
みんなの力が　ひとりの力に
ソレソレソレソレ　ソレソレソレソレ
ワッショイ　ワッショイ　ワッショイ　ワッショイ
友だちみこしのお通りだ

ワッショイ　ワッショイ　ワッショイ　ワッショイ
ワッショイ　ワッショイ　ワッショイ　ワッショイ
ワッショイ！

学校大好き

けんかしたあと　なかなおり
なかなおりのあと　またけんか
これって　すてきなことですか
これって　すてきなことですよ
ひとりじゃ　けんかもできゃしない
友達いるから
明日もたのしみ
　ひとりひとりが持っている
優しい気持ちの　花の種
けんかして　咲かそう
けんかして　咲かそう
学校だいすき
友達だいすき

失敗したあと　やりなおし
やりなおしのあと　また失敗
これって　すてきなことですか
これって　すてきなことですよ
くやしい　気持ちがあるかぎり
自分にチャレンジ
自分がライバル
　ひとりひとりが持っている
負けない気持ちの　花の種
失敗　どんまい
失敗　どんまい
学校だいすき
友達だいすき

（物部一郎　作曲）

お月さま！　ウインのはなしをします

1

「おにいちゃん、みて　みて」

三さいのミミがミモザのさいている　ねもとをゆびさす。

子犬だ！　ぐったりしている。

「はやくあったかいミルクを」

ママもパパもそういってくれる。

かえるとちゅうに　なまえもきまったよ。

ウイン。

つよくいきていくようにね。

2

ウインはげんきに　おおきくなっていったよ。
ぼくたちはまいにちウインとあそんだ。
ねるときも　いっしょだよ。

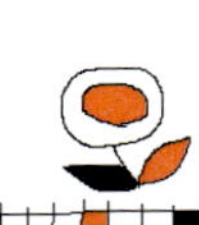

ミミとぼくのまんなかにウインのバスケット。
お月さまも　ウインをてらしているよ。
「あかずきんちゃん」や「七ひきのこやぎ」のえほんも
ウインによんでやるんだ。
そしてまいにち　いってやるんだ。
「もしオオカミがきてもきみをまもってやるからね」って。

3

さんぽしているとちゅう　ウインはもりのなかへ　はいっていく。
ネズミをくわえてきたり、このまえは　ウサギをくわえてきた。
「ウ　ウォオオオ〰〰〰〰」
と　とおぼえもするんだ。
ちょっとかわったなきかただけどね。
ウインがオオカミだとわかってから
ママはえさをすこしずつへらしていったんだ。

4

ウインがオオカミでも　ぼくたちはちっとも　こわくない。
ミミがウインのおなかをまくらにしてねむっても　おこらないし
ぼくがゲームをしているときもぼくのそばにいるよ。
でもウインはオオカミなんだ。いっしょにはくらせない。

5

とうとう　ウインとわかれる日がきた。
パパのうんてんで山のおくへすすんでいく。
ウイン、ごめんよ。キミをまもるためだよ。
ウイン、はなれてもずっとキミがすきだよ。

6

ずいぶんおくまでのぼってきた。
ぼくたちがおりたそのときウインもおりた。
はやく！
バタン！

ウインがおいかけてくる。
パパがスピードをあげる。
ウイン！　ついてこないで！
ぼくはかおをふせて　いのった。

7

しばらくしてふりむくと　もうウインはおいかけてこなかった。
みんなはだまっている。だまっていてもみんなおなじきもちだった。
谷川でみんなは　かおをあらった。
もう　なかないとぼくはきめてかおをあげたとき
ふらふらしたかげがこちらにやってくる。
ウインだ！

8

パパは太いかれえだをつかんでウインにちかづいた。
しっぽをふっているウインをぶった。
ウインはよろけた。

ぶたれてもぶたれもウインはかなしそうな目をしてパパをみあげている。

ウインがたおれた。それでもパパはウインをぶった。

「パパ！　もうぶたないで！」

ぼくはウインをだきしめた。

ウインのかたから血がでている。

ウインはふるえていた。

9

もうウインはおいかけてこない。

こちらをみたままだんだんウインが小さくなっていく。

さよなら　ウイン
ゆうやけのそらにウインのとおぼえがきえていく。

「ウ　ウォオオ〰〰〰〰」

10

ことしもまた　ミモザのはながさいている。
ウインとあそんだボールや丸太もにわにころがったまま。

それをみていると　ぼくたちはどうしてもウインにあいたくなった。
チョコレートやビスケットをポケットにつめこんで
こっそりあいにいくことにした。
もちろんパパやママにはないしょで。
やっと谷川までできたとき
いつのまにかよるになっていた。

11

おにいちゃん　こわい
おにいちゃん　さむい。
だいじょうぶだよ。ウインにきっとあえるよ。
そのとき　なにかがこちらにちかづいてくるのがわかった。
お月さまのあかりで　目だけがひかっている。
だんだんちかづいてくる。
それはがりがりにやせた　オオカミだった。
ふたりはだきあった。

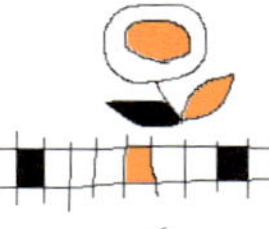

12
そのオオカミはふたりのまえまできて　とまった。
ウインだ……ウインなんだね！
しっぽをふっている。
ウインだぁ！　ふたりはウインにだきついた。
ウインはよるのあいだじゅうふたりをだいてあたためてくれた。

13
オーイ　オーイ！
あっ　パパたちのこえだ！
ウインにげて　にげるんだ　ウイン！
知らない人に見つかったらころされる。はやくにげて！
あっ　オオカミが走っていくぞ
にがすなぁ！
うたないで！

ズドーン！

14

ウインのバスケットの中にお月さまのひかりがさしている。
ウインがあかちゃんだったころ
ウインにえほんをよんでやったこと
ふたりはだまっておもいだしていた。
そのとき

15

「ウ　ウォオオオ〰〰〰〰〰」
あっ　ウインのこえだ！
ウインが　いきていたんだ！
お月さま！
ウインはとてもいいオオカミです。
お月さま！
ウインのおはなしをします。

book bookbook

Ⅲ 卒業

霙（みぞれ）

真っ白な雪にもなれず
透明な雨にもなれず
ビチョッと汚れたようにして冷たくかぶさってくる
みぞれ

みぞれという字は
雨の下に「英」と書く
「英」は花房

さあ　お行き
大丈夫
汚れることは怖くない
そう言って天が送り出すみぞれ

みぞれの中を心細く歩いて行く少女
それはわたし
空からのエールがあることなど
気づかなかったけれど
空は見放しはしなかった

よごれた靴なら
どこまでも歩いて行ける

大丈夫
空がある限り
どんなひとりをも見放しはしない
あなたの中に花房があること
信じてもいい

早春の空

深呼吸する
早春の空が
溶け込んでくる

胸のあたり
背中のあたり
ピリッとした
冷たい痛み

痛みから疼きに変わる
予感
まるで翼が生まれるような

もう一度
深呼吸する
わたしの空で
かすかに羽ばたく音がする

丘の上のムクの樹

樹齢五百年というから
紀州の殿様の行列も
三十石船もここから見て知っている

この地の人々は
「おムクさん」と呼んで心の内を話してきた

ごらん　この幹
大地からせり上がった岩のよう
打ち寄せる年月の波がひだになっている
苔をはやした肌は早春の陽を受けてあたたかい

二十メートルにも広がった梢の先は
少しの風にも揺れるしなやかさで
芽吹きの時を交信している

樹を仰ぐ時　空の大きさに気づき
樹に心を寄せる時　大地の深さに気づく
樹と並ぶ時　平和な街並みに心を安らげ
ひとはまた歩いていく

きみは生まれて十年と少し
まだ苗木だ
きみの立つところにも
新しい空と
大地がある

渡り鳥

遠いシベリアの奥地から
雁の群れが津軽の浜辺に渡ってくる
辿りついた浜辺には鳥の数だけ小枝がある
渡りの途中にそれを海に落として
自分の小枝につかまりながら翼を休めるのだという

春になるとまたシベリアの奥地に帰っていく
その時自分が落としていった小枝をくわえて帰る
残っている小枝はどこかで命を落としてしまった雁のもの
漁師たちはその小枝を集めて天気の良い日に風呂を焚く
空が悪いと魂もシベリアに帰りにくいだろうからと
命からがら渡りを繰り返す鳥と
その道中を思いやる漁師

人も渡り鳥かもしれない
待ち受けているだろう厳しい試練
その先にあって迎えてくれるのは温かいふところ
向かっていく一心さえあれば
越えていける
生きていける
仲間もいる
それに遠くから無事を祈ってくれるだれかもいるのだ

渡りの途中でまた会おう
卒業を約束して

ハイマツ

ぼろぼろだ
標高二五〇〇メートルの地で
体を裂かれ　えぐられ
威嚇している口には牙まで見える

ここは地の海
漂流してきた体は白くさらされ
流されまいとして這いつくばっている

この姿は　鳥だ
左右に広げた枝は
何度も飛ぶことを試みた翼
紺碧の空の一点を睨んでいる

いや　これはガイコツだ
命を絞り切った　ガイコツ

広げた両腕の先っぽの骨に
親指ほどの緑を点している

ここに降り立った時から
全てを従順に受け入れてきたのか
それとも
精一杯抗って生きているのか
今も
この問いは単純すぎる
きっと

ふれても　いいか
痛くはないか
おう　おう　と言って
ふれても　いいか

ヘビの脱皮

きっと力がいったのだろう
腹に枯草をたくさんつけ
裏には線路の模様もそのままに
口に指を入れると吸い込まれそう
目はまだ空を写している

生きた証を
傷ひとつ付けず
捨てていけるなんて

「スキ！」と心が叫んでいた
列がほどけて
沈丁花の横を走っていくリオ

ぼくは追いかける
手紙を受けとってくれた
リオ！

真っ青な　空に
真っ白な　飛行機雲
今　引かれていくスタートライン
ぼくは無性に駆け出したくなった

きらめいて　ときめいて

きみの名前で　埋まった　ページ
そこだけ　破って　捨てたけど
また拾っては　机の上
きみの名前が　パズルになって
ぼくの心を　うめていくよ
瞬間のきらめきは
いつか　はじけて
蘇るはず

きらめいて　ときめいて
青い時間を　旅する
ぼくたちは　もしかして
きらめきの星

きみと同じ　時を過ごした　教室
あの時　笑って　ごまかしたけれど
また引き返しては　空回り
きみの机が　陽にあたって
ぼくの心は　まぶしいよ
さよならの笑顔は
ぼくの　羅針盤に
なっていくはず

きらめいて　ときめいて
大海原を　旅する
ぼくたちは　もしかして
きらめきの星

卒業証書授与式

名前を呼ばれたら
「はい」とこたえる
わたしはその名前で間違いありません

中国語では
「在」とこたえる
わたしはここに存在しています

どちらも自分であることを証明する
「はい」と「在」

温かい眼差しを注がれて
名づけられた名前

これまでに　幾度呼ばれてきたことだろう
かけがえのない自分の名前
これからも　どれだけの愛を知っていくだろう

「はい！」
わたしです
わたしはここにいます
出発の合図を打ち鳴らそう
今日の新しい自分に向かって

もう僕達かえります

――卒業式のあとで

「先生へ　もう僕達かえります。さようなら。みんなより」計算プリントの裏に書かれてあったこのメモを、私は今も写真立てに入れている。

卒業式が終わった後、一旦家に帰った子どもたちの何人かが教室に戻ってきて、私の机の上にこのメモを置いて行ったらしい。ベランダには水を流した跡が残っていた。スズメが最後に食べ散らかしていったのを掃除してくれたのだった。名前を書かずに「みんなより」となっている。

六年生の一学期のはじめ、誰かが置いた給食のパン屑がきっかけでスズメが来るようになった。水替え、糞の始末はその日の当番がやっていた。スズメのさえずりは心地よく、森の中の教室になることもあった。休み時間、子どもたちが留守になったことを幸いに中まで入って来て、机やロッカーの上をチョンチョン飛び回っていた。が、廊下から声がするや否やパニックになって彼らの逃げ急ぐ姿に思わず笑ってしまった。また、真冬に日向ぼっこをしているふくらスズメが可愛く、驚かせないようにと、押し合いしながらも、そっと見ていた。

「もう僕達かえります」この言葉に私は初めて引き止められない大きなものを思った。全員揃ってこの教室に帰って来ることは今日を境にもうない。それを区切るものが「式」というものだった。今日を限りに子どもたちは、それぞれのところへ帰っていく。「さよなら　またあした」という言葉。何度繰り返して来たことだろう。当たり前の言葉が、突然、当たり前でなくなった。このようにして、いずれはみな自然の巡りの中へ還っていくということも。

中国語でさよならは「再見」。再びまみえる約束を思ってのさよなら。日本語の「さよなら」は「(さよう)である(なら)ば、致し方のないことで」惜別の念のなんという美しい響きのある言葉なのだろう。みんなの卒業を機に私も退職することを告げた。

「さよなら」子どもたちのいなくなった机に向かってひとり呟いてみる。教室が急に広く感じられた。壁の時計もいつもより、はっきりとした音で時を刻んでいく。いつかまた会おう。その時はこのメモを持っていこう。「さよなら」は会う約束の言葉だったことを確かめあおう。

スズメが入ってきたかと思うとすぐに出て行った。「もう僕達かえります」スズメが残して行った言葉のようにも思えた。

先生へ

もう僕達かえります。

さようなら

みんなより

待つ　――タクシーの運転手さん

人との出会いがそうであるように、作品との出会いにも必然と感じることがある。それは通勤帰りの満員電車の中でのこと。動きの取れない体制で前の人の肩越しから、文字が否応なしに入ってくる。それはＰＨｐの雑誌の投稿欄「タクシーの運転手さん」という題で次のような内容だった。

幼いころ、顔に火傷をおったその女性は、高校生になり好きな人ができた。顔面の傷を気にして自殺を図るべくタクシーに乗る。厳寒の夜半、家を抜け出し行先を告げる。バックミラーに映った彼女の様子から運転手は察する。そして、自分にもちょうど同じ年頃の娘がいる。親というものは、いつでも心配していると話す。到着した時、「気が落ち着いたら戻っておいで。おっちゃんはずっとここで待っているから。」と言ってドアを開ける。

真っ暗闇の中、絶壁に打ち寄せる波の音を聞きながら自分がいなくなったときのことをあれこれと想像していく。飛び込む決心がついた時、ふと、運転手の言葉を思い出す。「待っている」と言った言葉が本当かどうかを確かめてからでも死ぬのは遅くないと思い引き返す。

白々と夜が明けるころ、向こうからぼうっとした人影が近づいてくる。運転手は長い間、外に出て彼女の戻ってくるのを待っていた。何も言わずにドアを開け、あたたかい車内に入れてくれたのだった。

運転手は家の前に着くと「いつでもかけておいで」といって電話番号を書いた紙きれを彼女に渡した。

その後、彼女に好きな人ができ、結婚式に運転手さんを招待したいというところで終わっていた。

私はこの話を学級の子どもたちに、保護者に、教え子にと紹介してきた。どのような時でも、待ってくれている人がいるというのはどんなにうれしいことだろう。

この話から私は、親にしかできないこと、他人にしかできないことがあると思った。親ならこの場合、必死で止めるに違いない。そして傷を負わせた自分を責めることだろう。他人だから放すことが出来た。でも、そこには祈りと賭けがあった。いつでも駈け寄れる距離で見つめていたに違いない。わが娘を重ね合わせてそうせずにはおれなかったのだろう。これも無償の愛だった。

私たちは「待つ」行為の中で生かされている。湯が沸くのを待ち、冷めるのを待って飲むという一連の行為の中にも「待つ」がある。命あるものはいずれ、待ってくれている自然のふところに還っていく。「冬きたりなば春遠からじ」人は待つ向こうに希望を抱いて生きて来た。時間そのものが「待つ」であり「生きている」ことなのだと私は気づかされたのである。

約束

待つのもいいけれど
待ってもらうのも
うれしい

わたしが
絶対生きている
証拠だから

忘れていたラブレター

「先生、おれホンマに悪い子やった？」

「悪い子やった。ホンマあなたの名前を呼ばない日はなかった」

何が悪い子だったのか思いだせないままにそんな言葉が出てしまった。すると、大きな体のN君はタバコの匂いをさせて私を引き寄せハグした。48年前にすっと戻ったような瞬間だった。


少子化の時代と共に、小学校の統合があちこちで進み、皆と過ごした春日小学校もなくなり、小中一貫校のさつき学園となった。その学園で毎年、卒業生の成人式を祝うと同時に「3度目の成人式・還暦のお祝い」も行われていた。その常時の世話役の一人が教え子の吉田克己さんだった。彼の引き合わせのお陰で48年ぶりの再会が実現した。12歳だった子がはじめは誰が誰だかわからなかったが、少し話しただけですぐに分かった。笑顔がそのままなのだ。

「先生、これ覚えていますか?」

J君やUさんが示してくれたのは小さな手帳だった。見覚えがあった。卒業式の前日に「詩」を書いて贈ったものだった。長い間、持っていてくれたことに胸が熱くなった。S君は別れ際、暗唱していると言って聞かせてくれ、この詩を思い出してはがんばったとも言ってくれた。握手の手が温かく大きかった。

実は私もこの子たちからもらった手紙をしまっていた。半世紀ほどの年月をくぐった証のように、原稿用紙は色褪せていた。自分の書いた手紙を覚えている子はほとんどいなかった。子どもたちと私は互いに相手へのラブレターを忘れていたのだ。ひとり一人に返していった。N君が「ホンマやあ! オレは自分で悪い子やったと書いている!」と笑って、はしゃぐ。

まさに教室の雰囲気の再現を思った。しかし悪い子といっても、実は何が、どこが、さっぱり記憶にない。言葉を換えれば、元気な個性豊かな、ちょっとやんちゃな愛すべき子としか思いだせない。

私の愛した子どもたちよ。ようこそ、ようこそ！　この岸辺で会えたのは無事に生きてこられたから。O君が鬼籍に入ったことに黙祷を捧げた優しい子どもたちよ。O君のことは決して忘れまい。今日、出会えた感動と、これから新しい出会いの始まる予感に私の胸の高鳴りは夜半まで続いた。

その後、この詩が矢野正文氏作曲による歌になった。次の同窓会の時、皆で歌おうと幹事が準備してくれている。（譜面は本書の後ろから掲載の楽譜集24頁です。）

手帳

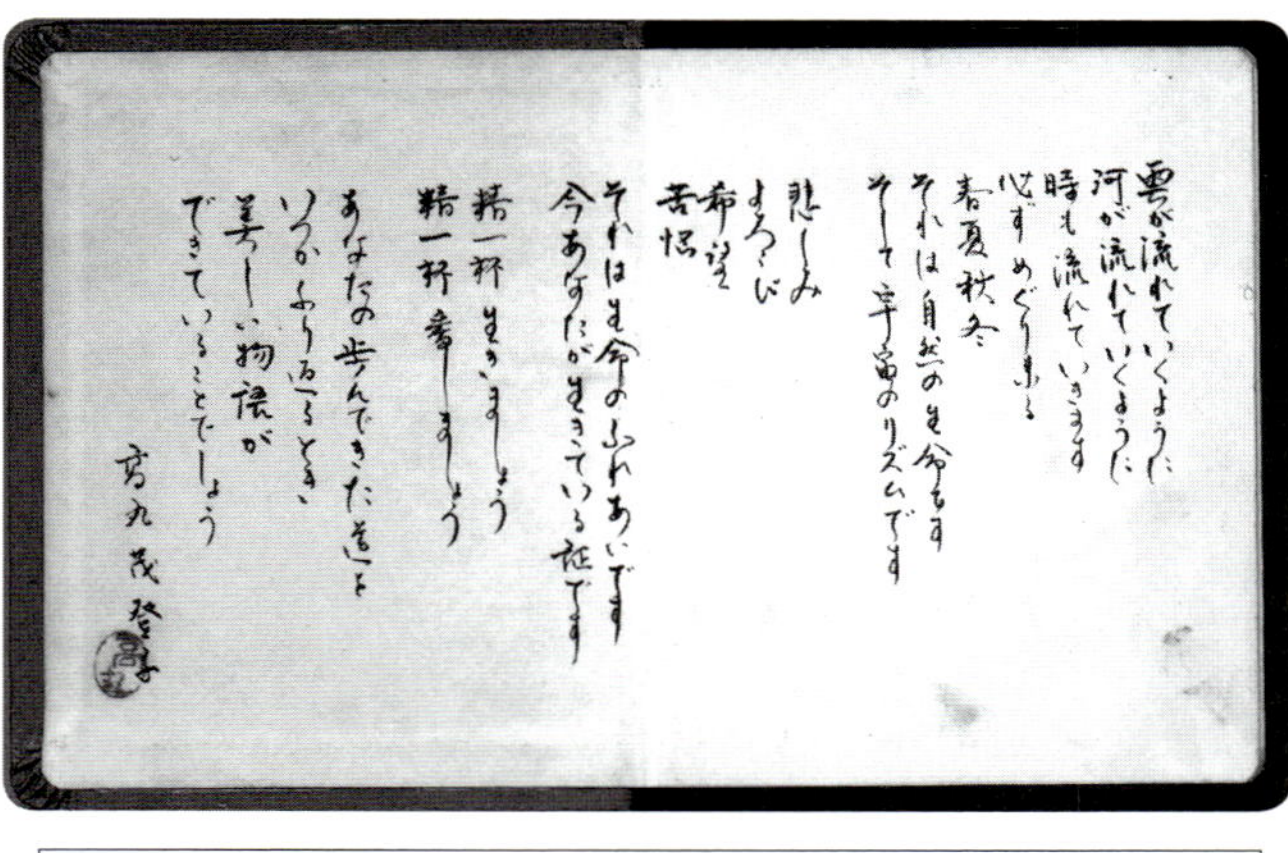

雲が流れていくように
河が流れていくように
時も流れていきます
必ずめぐりくる
春夏秋冬
それは自然の生命です
そして宇宙のリズムです

悲しみ
よろこび
希望
苦悩
それは生命のふれあいです
今あなたが生きている証です
精一杯生きましょう
精一杯愛しましょう
あなたの歩んできた道を
いつかふり返るとき
美しい物語が
できていることでしょう

宮丸茂登子

手帳に書いた詩

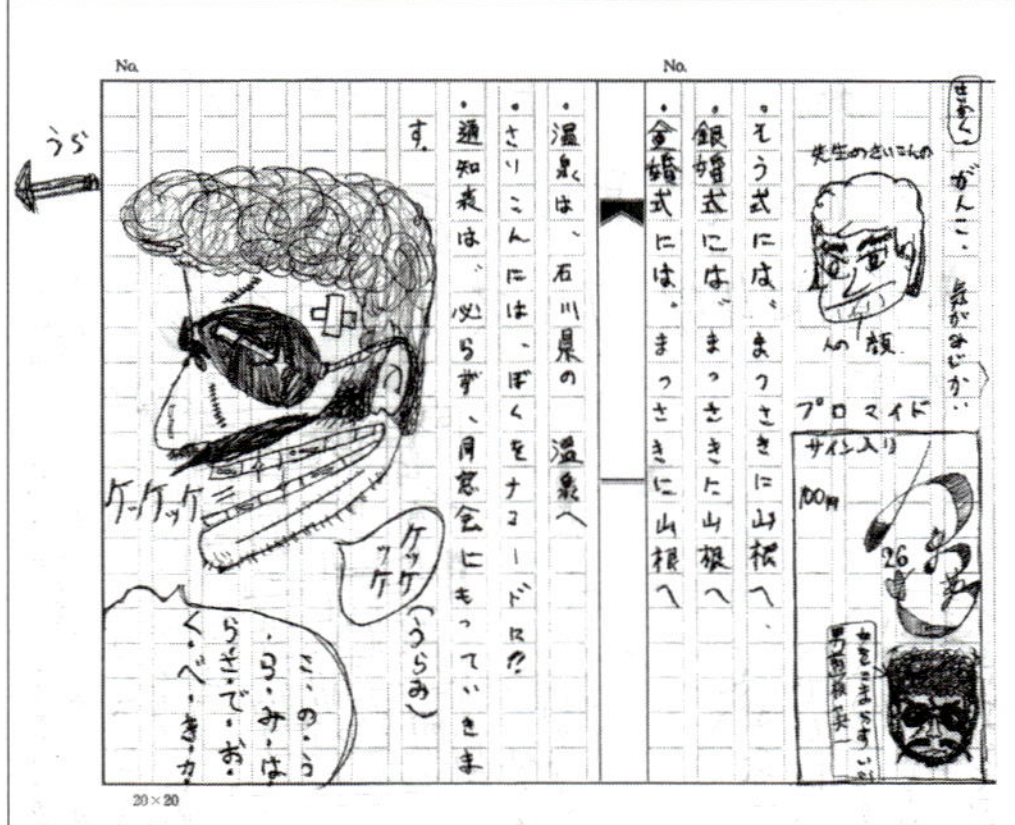

子どもの手紙の一部　表（上）／裏（下）

★六年生卒業式の二日前にくれた手紙の抜粋の一部★

男の子から

・さいこんの時には、ぼくを、ナコードに！

・ぼくがもし総理大臣になっても　同窓会には　必ず出席します。

・ぼくは大会社の社長になっていると思いますが、先生も安月給の先生でいてください。

・「先生しむな〜〜〜」このひとことでしめくくりたいと思います。さようなら

・あーあもう卒業か　ほんとうにぼくは悪い子だった。

・あの時はどうじても　なみだがとまりませんでした。

・遠出　ぼうそうなどで先生をこまらせてばかりのぼくでした。

・同窓会するまでは生きていてください。

・先生の机から向かって左から2行目　後から2番目にいるぼくより。

・昭和五十一年三月十八日　高丸茂登子殿

・同窓会の時には先生はもういないでしょう。だからはやく同窓会をしたいと思います。

女の子から

・先生に詩のノートをさしあげます。大切にしてくださいね。まだ、ぜんぜん書いていないから　今日　てつ夜をしてでもがんばります。

・私はこの二年間いろんな人を愛しました。

・先生と別れちゃうとまたおとなしくて無口なわたしにもどっちゃうかも。

・私は、希望をすてません。生きるという道につながっていくからです。希望は心の鏡です。この鏡が割れる時それは自分に負けてしまう時です。希望をすてず、はば広い道をきり開いていきます、

・先生最復のお願いです。いつまでも長いきすること。守ってください。

・花はちってまた新しい年にめざめる。でも空はいつまでも消えません。私はこれから先、きっと精一杯生きます。次にまた、めぐりあえることを願います。

・卒業式がおわったら職員室でまっていてくださいね。私のこしらえたかわいいうさちゃん持っていきます。私だと思ってかわいがって下さいね。さようなら。

うさちゃんは今でも元気です！

高丸もと子詩集『卒業――ここからはじまる』に寄せて

あまん きみこ

『卒業』の詩集原稿を、高丸もと子さんが送ってくださったのは、昨年の夏。

添えられていたお手紙は「きょう、七夕さまです」と書きだされていました。

この思いがけない「七夕さま」の贈物の詩集原稿を少し躊躇いながら一編一編よんでいるうち、微かなコーラスがまわりから聞こえだし、よみ終えたとき、私は明るく穏やかなハーモニーに包まれている思いになっていました。その時、窓を大きくあけ、青い空を見上げたことを覚えています。

『卒業』の世界のこの眩しい明るさは、生徒さん達一人一人の明日を信じている高丸先生の暖かな言葉や励まし、それに幼い生徒さん達の笑い、涙、疑問など、ぴかぴかな言葉が重なって生まれたのでしょう。

それに、以前、高丸さんが話されていた花語や虫語ばかりではなく、この詩集原稿には鳥語や野菜語、風語、空語、雲語などまで、さまざまに入っていることを、後から気づいたりもしました。


七夕さまの日から六ヶ月の間に高丸さんは、なおしの詩集原稿を何回か丁寧に送ってこられました。詩をいれかえられたり、二、三行足されたり、消されたり、一字二字引いたり足したり、「これしかない言葉」を懸命に求め続けておられたのでしょう。その真摯（しんし）なこだわりに教えられる思いがしました。

このようにして、『卒業――ここからはじまる』が、左子真由美さんの優しい絵でかざられて生まれたのです。

「高丸もと子さん。御上梓おめでとうございます。この一冊は、これから出あったかた達の思いをあたため、力づけることでしょう。窓をあけて、空を見上げるかたもいるかしら?」

詩人の後ろから、私は顔をだして、この詩集の出発に、手をそっとふっています。

二〇二五年一月十六日

あまんきみこ

あまんきみこ
デビュー作『車のいろは空のいろ』で日本文学者協会新人賞と野間児童文芸推奨作品賞。『こがねの舟』で旺文社児童文学賞、『ちいちゃんのかげおくり』で小学館文学賞、『おっこちゃんとタンタンうさぎ』で野間児童文芸賞『きつねのかみさま』で日本絵本賞。『新装版　車のいろは空のいろ　ゆめでもいい』（ポプラ社）で第70回産経児童出版文化賞大賞などその他多くの賞を受賞。日本の風土に根差したあたたかい童話の世界は、世代をこえて読者の心をとらえ読み継がれている。

あとがき

陶芸家・河井寛次郎さんの「手考足思（しゅこうそくし）」の中の言葉です。

過去が咲いている今
未来の蕾でいっぱいな今

子どもたちと過ごした日々が折に触れ蘇ってきます。この感慨に浸れる刻が「過去が咲いている今」なのかもしれません。その今がまた、「未来の蕾でいっぱい」だとすれば、こんなに心躍る日を待つ幸せはないでしょう。出会った人たちに感謝せずにはおれません。

「卒業」は学校での卒業もあれば、人生の節目として、また命の終焉を迎える「卒業」もあります。どのような時であれ、そこには次に向けての始まりが用意されています。詩集『卒業』の副題に「ここからはじまる」としたのはそのようなことからです。

第1章　一年生の一年間を「ことば絵本」のイメージで組みました。
第2章　子どもたちとの忘れられない場面と、小さな物語を入れました。

第3章　「あなた」へ「わたし」へのエールです。

第4章　愛唱歌として親しんでもらえることを願っています。

詩集完成間際に、作曲家の今成満様から。映画「瞽女(ごぜ)さの春」（令和6年度新潟県文化活動推進補助事業・WE国際映画祭inハリウッド招待上映作品）のエンドロールに「歌をあなたに」の歌が挿入されるとの知らせを受けました。新潟の盲目の女性旅芸人に纏わる話です。それに繋げて、人生の感謝の気持ちを歌にした「星の奇跡」も巻末の曲集の中に入れることが出来ました。

童話作家の、あまんきみこ様からは、温かいお言葉で詩集を包んでくださったことは望外の喜びであり、今後の意欲をいただきました。

また、万寿詩の会、竹林館の皆様はじめ、社主の左子真由美様には適切なアドバイスと心のこもった絵で詩集を飾っていただきました。作曲家の、和泉耕二様、今成満様、矢野正文様には言葉に命を吹き込んでいただきました。

そしてカバーには、童話雑誌「赤い鳥」の創刊号から挿絵、表紙絵（全196冊のうち163冊）を描かれた清水良雄様の絵を使わせていただきました。重ねて厚くお礼を申し上げます。

２０２５年　春　　　　　　　　　　　　　　高丸　もと子

高丸 もと子 （たかまる もとこ）

大阪生まれ。「詩学」に投稿を重ね現代詩を学ぶ。その後、詩誌「射撃祭」「あんじゃり」「鳥」を経て現在に至る。大阪府守口小学校を最後に37年間の教員生活を終える。在職中は詩・作文・オペレッタ・群読などの表現教育に力を注ぎ、子どもらと共に楽しみ学ぶ。小・中学校「国語」「音楽」「道徳」の教科書に作品所収。現在：国語教育大阪恵雨会代表（師・芦田恵之助）。総合詩誌「ＰＯ」（竹林館）編集委員。所属：日本児童文学者協会、「21世紀創作歌曲の会『まほろば』」、詩誌「イリヤ」他。大阪府枚方市在住。

住所　〒573－0034　大阪府枚方市岡山手町11－36

高丸もと子著作

教育書
・『ひびき合う教室の詩』1984年（大和出版）
・『小学校たのしい劇の本（共著）』2007年（国土社）
・『教室で詩を楽しむ30のアイデア104の詩（共著）』2008年（たんぽぽ出版）
・吉永幸司・高丸もと子の『かんたん詩の創作指導』2016年（小学館）
・『芦田恵之助・大阪恵雨会叢書№.2,3,4（共著）』2020～2022年（私家版大阪恵雨会）

詩集
・『高丸もと子詩集』1986年（芸風書院）
・『回帰』1991年（洛西書院）
・『三センチありがとう』1994年（洛西書院）
・『地球のコーラス』1994年（らくだ出版）
・『今日からはじまる』1999年（大日本図書）
・『あした』2006年（理論社）
・高丸もと子＋千木貢『富士山』2010（風聲庵）
・『写真詩集はじまりの詩（共著）』2011年（ピエ出版）
・高丸もと子詩集／給新生命詩集：高丸もと子／吉原幸子：翻訳／陳千武2015年（南投縣政府文化局）
・詩集アンソロジー『元気の出る詩５年生・６年生』（理論社）『詩は宇宙』（ポプラ社）『一篇の詩があなたを抱きしめる時がある』（PHP）『輝け！いのちの詩』（小学館）ドラえもん詩が大好きになる』（小学館）『こどもといっしょに読みたい詩』（たんぽぽ出版）『詩の花束』（竹林館）等多数

絵本
・こえあそび絵本『クーとマックのおはなし』絵：本間ちひろ2014年（らくだ出版）
・『トナカイおおかみロン』絵：神谷直子2023年（みらいパブリッシング）全国学校図書館協議会選定図書／第８回絵本出版賞最優秀賞受賞

音楽（歌詞）
・『高丸もと子の詩による物部一郎童謡作曲集』2003年（音楽之友社）
・音楽童話『わすれんぼうのかみさま』４部作2006年／作曲：物部一郎
・『合唱曲集　今日からはじまる』2009年／作曲：今成満（パナムジカ）
・『和泉耕二歌曲集』2015年（りんご）作曲／和泉耕二（カワイ出版）
・『平田あゆみ小品集』2019年（パナムジカ）第10回ふるさと童謡コンクール優秀賞受賞（きんもくせいのみち）
【以下５作品はピース】
・『晴れた日に』2021年／作曲：アベタカヒロ（カワイ出版）
・『名前』2023年／作曲：アベタカヒロ（カワイ出版）
・『七色の鐘』（今日どこかで）作曲：橋本祥路（教育芸術社）
・『花の歌を歌ったら』（会えてよかった）作曲：橋本祥路（教育芸術社）
・混声合唱　『私のたからもの』（届けあえたら）作曲：橋本祥路（教育芸術社）

Ⅳ ～曲集～ 歌をあなたに

きみはぼくの青い空

詩　高丸もと子
曲　和泉　耕二

青い空に
きみの名前をかいた
でも　きみが気づく前に
消えてゆく

青い空に
きみの似顔絵かいた
でも　きみが気づく前に
隠れてしまう

きみはぼくの青い空
手を伸ばせば
すぐそこは空
届きそうで届かない

ラララララ
でもいいさ　かまわない
晴れのち　くもり
くもりのち　晴れ
だからぼくのこころは
いつも青空
ララララララ
ララララララ
晴れのち　くもり
くもりのち　晴れ
きみはぼくの青い空
だからぼくのこころは
いつも青空

「きみはぼくの青い空」

今日からはじまる

詩　高丸もと子
曲　今成　満

あなたに会えてよかった
空が青く
大きいことも
あなたがいて気づいた
この光も今届いたばかり
一億五千万キロのかなたから
今日からはじまる
何かいいこと

みんなに会えてよかった
すてきなものが
そばにあること
みんながいて気づいた
いまもどこかで命が生まれる

子犬も小鳥も草の芽も
今日からはじまる
何かいいこと

わたしに会えてよかった
胸の鼓動も
ときめきも
わたしがいて気づいた
だれも知らない音だけど
わたしの殻をやぶる音
今日からはじまる
何かいいこと

「今日からはじまる」
＊上の QR コードから
聴いていただけます。

ゴール

原詩／作詞　高丸もと子
曲　今成　満

見えるところに引く
また向こうに引く
何度も少しずつ引いて進む
疲れた時は休めばいい
また進んでいけるから
運動会の時のような
観客も拍手もないけれど
振り返った時に
スタートラインが
地平線になって
輝いて見える日がある
だから自分のゴールを
引いて進む

あの時のあこがれ
あの時の想い
何度も消えてはまたやってくる
どこかで約束したような
ときめいている自分がいる
運動会の時のような
観客も拍手もないけれど
あるのは自分だけ
乗り越えた時も
失敗した時も
ゴールは自分との約束
だから自分を信じて
前へ　前へ　前へ　前へ

「ゴール」

忘れていたラブレター

―卒業の日から―

詩　高丸もと子

曲　矢野　正文

（語り）

『先生　覚えていますか。』

還暦の岸辺にたどりついた

子どもたち

笑った顔はみんなそのまんま

48年前卒業する子らに

手紙に書いて渡した言葉

60歳になった子どもたちが

持っていいてくれたのです。」

雲が流れていくように

川が流れていくように

時も流れていきます

必ずめぐりくる春夏秋冬

それは自然のめぐり

宇宙のリズムです

悲しみ　喜び　希望　苦悩

それは生命の触れ合いです

今あなたが生きている証です

精一杯　生きましょう

精一杯　愛しましょう

あなたの歩んできた道を

いつか振り返るとき

美しい物語ができていることでしょう

歌をあなたに

原詩／詩　高丸もと子

曲　今成　満

この手がかじかむ

冷たい朝の光の中で

息を吹きかける　この手の中から

歌が生まれたよ

白い息

あったかい息

生きている息

今日の空に届け

悲しみが青く空に溶けてゆき

きれいな雲に変わるまで

あなたの悲しみと

わたしの悲しみは

同じではないかも知れないけれど

頬を伝う涙は

同じに
温かい

どこかで全てつながって
生きているんだね
もうすぐ春
もうすぐ春です

歌をあなたに
歌をあなたに届けたい
悲しい時も
嬉しい時も
いつも寄り添っていたいから
季節は必ず巡りくるよ　誰のもとにも

悲しみと
喜びは
いつも隣り合わせで歌っている

あなたの喜びと
わたしの喜びは
同じではないかも知れないけれど
頬を伝う涙は
同じに
海の味がする
どこかで全てつながって
生まれたんだね
もうすぐ春
歌をあなたに

「歌をあなたに」

星の奇跡

詩　あしたはるか（高丸もと子）
曲　今成　満
Twin Vocal　喜瀬　遥
　　　　　　加藤泰樹

つましい暮らしこそ
小さな幸せだったと
分け合い思い合い
労わりあって
抱きしめましょう
それはかけがえのない
忘れられない日々

あなたが　わたしの人生になった時
あなたは　わたしの　空になった
あなたの　空でわたしは
生きた　愛した

二人がこの世界に
さよならする日がきた時
瞬く星になって
愛する人たちを
見守りましょう
それははるか過去からの
星の約束

わたしが　あなたの人生になった時
わたしは　あなたの海になった
わたしの　海であなたは
翼　休めた

それはとても素晴らしいこと
星の約束
それはとても素晴らしいこと
星の奇跡

あなたが　わたしの人生になった時
あなたは　わたしの　空になった
あなたの　空でわたしは
生きた　愛した

「星の奇跡」
＊歌詞が改変されたため、
一部異なります。

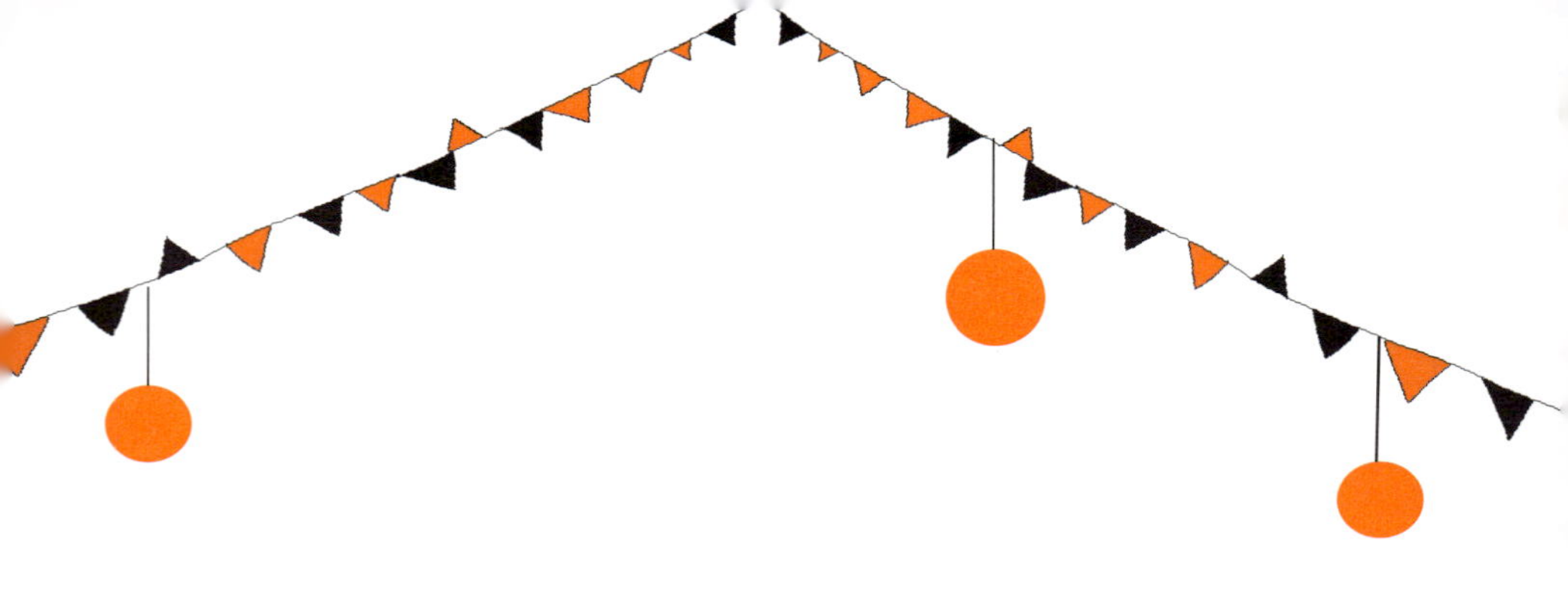

高丸もと子 詩集

卒業 ── ここからはじまる

2025 年 4 月 18 日　第 1 刷発行

著　者　高丸もと子

表紙画　清水良雄
イラスト　左子真由美

発行人　左子真由美
編集・制作　松井美和子
発行所　㈱ 竹林館
〒 530-0044 大阪市北区東天満 2-9-4　千代田ビル東館 7 階 FG
Tel　06-4801-6111　Fax　06-4801-6112
郵便振替　00980-9-44593　URL http://www.chikurinkan.co.jp
印刷・製本　モリモト印刷株式会社
〒 162-0813 東京都新宿区東五軒町 3-19

ISBN978-4-86000-508-5　C0092

きみはぼくの青い空

詩　高丸もと子
曲　和泉　耕二

きみが きづく ーまえに かくれてしまう かくれて しまう
ラ ラ ラララ ラ
ラ ラ ラララ ラ でも いい いー さ ラ ラ ラララ ラ
ラ ラ ラララ ラ かまわ な い ラ ラ ラララ ラ

33
ラ ラ ラ ラ ラ ラ は れ の ち ー く も り ラ ラ ラ ラ ラ ラ
37
ラ ラ ラ ラ ラ ラ く も り の ち は れ
f
cantando
ten
41
più p poco a
き み は ぼ く の
45
poco cresc.
ff
あ お い そ ら だ か ら ぼ く の ー こ こ ろ は い つ も

あ お ー そ ら
sub.p
f
mf
mp
あ お い そ ら に ー き み の
な ま え を か い た ー で も
き み が き づ く ー ま え に き え
て ゆ く き え て ゆ く
き み は ぼ く の ー あ お い

65
そら てをのばせば すぐ そこはそら ー そら とど
69
きそうでー とど か な い
73
77
ラララララー ララ ララ かまわ な
mp
f
mf

81
い
ラ ラ ラ ラ ラ ラ ラ ラ ラ ラ ラ ラ は れ の ち ー く も
mf
85
り
ラ ラ ラ ラ ラ ラ ラ ラ ラ ラ ラ ラ く も り の ち は
89
f
れ
cantando
ten.
ラ ラ ラ ラ ラ ラ ラ ラ ラ
93
più p poco a poco cresc.
ラ ラ ラ
き み は ぼ く の あ お い そ ら だ か ら ぼ く の

97
ff
ーこころは いつも あお ー ぞ ら
sub.p
f
101
più p poco a poco cresc.
ー きみはぼくの あおいそ ら だからぼくの
105
ーこころは いつも あお ぞ ら
109
rit.
a tempo
dim.
p

今日からはじまる

詩　高丸もと子
曲　今成　満

f
あなたがいて　きづいた　こーの　ひかり　もいまと　ど
f
あなたがいて　きづいた　こーの　ひかり　もいまと　ど
f
いたば　かり　いちおくごせんまんキロ　の　かなた　から
いたば　かり　いちおくごせんまんキロ　の　かなた　から
きょうか　らはじま　る　なにか　い　い　こ　と　なにかいいこ　と
きょうか　らはじま　る　なにか　い　い　こ　と　なにかいいこ　と

mf
みんなにあえてよかった　すてきなものが　そばにあること
mf
ル　ル　ル　ルルル　すてきなものが　そばにあ
mf
みんながいてきづいた　みんながいて　きづいた
るー　ル　ルルル　みんながいて　きづいた
f
いまもどこかでいのちがうまれる　こいぬもことりも
f
いまもどこかでいのちがうまれる　こいぬもことりも
f

くさのめも
きょうから はじまる
なにかいいこ
と なにかいいこ と
くさのめも
きょうから はじまる
なにかいいこ
と なにかいいこ と
impressive
mf
Led.
*
hum ..
mp
hum ..
simil.

mf
わ たし に あえ てよか った むねのこどうも
mf
ル ル ル ルルル むねのこどうも
mf
ときめきも わたし が いて き づ いた わたしがい て
と きめき も ー ル ルルル わたしがい て

きづいた　だれもしらない　おとだけど
きづいた　だれもしらない　おとだけど
f
f
f
わたしのからをやぶるおと　きょうからはじまる
わたしのからをやぶるおと　きょうからはじまる
なにかいいこと　なにかいいことだれもしらない　お
なにかいいこと　なにかいいことだれもしらない　お
f

とだけど
わたしのからをやぶるおと
とだけど
わたしのからをやぶるおと
きょうからはじまる
なにかいいこと
なにかいいこ
きょうからはじまる
なにかいいこと
なにかいいこ
と
と
mp
p

ゴール

詩　高丸もと子
曲　今成　満

く なんども すこし ずつ ひいて すすむ
く なんども すこし ずつ ひいて すすむ
mp
つかれた ときは やすめばいい
mp
つかれた ときは やすめ ばいい ま
いけるから うん
た すすんで いけるから うん

どう　かいの　ときの　ような　かんきゃ
どう　かいの　ときの　ような　かんきゃ
くも　はくしゅも　ない　けれど
くも　はくしゅも　ない　けれど
ふりかえった　ときに　スタートラインが
ふりかえった　ときに　スタートラインが

ちへいせんになって かがやいてみ える ひがく
ちへいせんになって かがやいてみ える ひがく
る だから じぶんの ゴール を ひいて すす
る だから じぶんの ゴール を ひいて すす
む
む
mf

mf
あ の と き の あ こ が ー れ あ の と き の お も
mf
あ の と き の あ こ が ー れ あ の と き の お も
mf
い な ん ど も き え て は ま た や っ て く る
い な ん ど も き え て は ま た や っ て く る

どこかで　やくそく　したような
どこかで　やくそく　したよ　うー　な　と
きめいてる　じぶんがいる　うん
じぶんがいる　うん
どう　かいの　ときのような　かんきゃ
どう　かいの　ときのような　かんきゃ

くも　はくしゅも　ない
mp けれど
くも　はくしゅも　ない
mp けれど
f
ff *mp*
f あるのは　じぶん　だけ　のりこえたときも
f あるのは　じぶん　だけ　のりこえたときも
f
しっぱい　したときも　ゴールは　じぶんとの　やくそ
しっぱい　したときも　ゴールは　じぶんとの　やくそ

く　だ か ら　じ ぶ ん を　し ん じ　て　ま え　へ　ま え
く　だ か ら　じ ぶ ん を　し ん じ　て　ま え　へ　ま え
へ　じ ぶ ん を　し ん じ　て　ま え　へ　ま え
へ　じ ぶ ん を　し ん じ　て　ま え　へ　ま え
へ　ー　ま え　へ
へ　ー　ま え　へ

忘れていたラブレター

― 卒業の日から ―

詩　高丸もと子
曲　矢野　正文

Andante *con affetto* ♩= 58

［語り］
『先生　覚えていますか』　還暦の岸辺にたどり着いた子どもたち　笑った顔はみんなそのまんま

Andante *con affetto* ♩= 58

mp *una corda*

48年前卒業する子らに　手帳に書いて渡した言葉　60才になった子どもたちが持っていてくれたのです。

4

mf

くもがながれてー　いく　ように

mf *tre corde*

mp

8

かわがながれてー　い　く　ように　ときもーながれて　ときもーながれて

12

mp
f
mp
ながれて ーいきます かならずー めぐりくる は
mp
f
16
る なつ あき ふゆ それは ーしぜんの めぐり うちゅう
3
mp
20
3
の リズム ですー
mf
24
mf
かなしみ ーよろこび きぼう ーくのーう それ
mf
28

f
mp
はーいのちの ふれあいーです いまーあなたが いきているー あかしで
mp
f
mp
f
す いまーあなたが いきているー あかしです
f
mp
sf
piu mosso ♩=96
mf
せぃいっぱぃ いきましょう
piu mosso ♩=96
f
mf
f
せぃいっぱぃ あいしましょう あなたのあゆんできたみちを いつかふりか
f

mf
え る と き ー　う つ く し い　も の が た り が　で き て い る　こ と で しょ う
mf
50
mf
せい いっ ぱい　い き ま しょ う　せい いっ ぱい　あ い し ま しょ う　f　あ な た の あ ゆん で
mf
f
55
mf
き た み ち を　い つ か ふ り　か　え る と き ー　う つ く し い　も の が た り が
mf
60
poco rit.
f
で き て い る　こ と で しょ う
poco rit.
sf
f
a tempo
65

歌をあなたに

詩　高丸もと子
曲　今成　満

む　つめたいあさの　ひかりのなかで　いきを
む　つめたいあさの　ひかりのなかで　いきを
む　つめたいあさの　ひかりのなかなかでー　いきを
ふきかける　このての　なかから　うたが　うまれーた
ふきかける　このての　なかから　うたが　うまれーた
ふきかける　このての　なかから　うたが　うまれーた
よ　しろいいき　あったかいいき　いきているい
よ　しろいいき　あったかいいき　いきているい
よ　Ho・・・　Ho・・いきているい

き　きょうの　そらに　とどけ　かなし　み　が　あ　お　く　そらに
き　きょうの　そらに　とどけ　かなし　み　が　あ　お　く　そらに
き　きょうの　そらに　とどけ　ー　かなし　み　が　あ　お　く　そらに
と　け　てゆき　きれい　な　くもにかわるまで
と　け　てゆき　きれい　な　くもにかわるまで
と　け　てゆき　きれい　な　くもにとどくまで
f　あ　なたの　か　な　しみと　わたしの　か
f　あ　なたの　か　な　しみと　わたしの　か
f　あ　なたの　Ah　ー　ー　ー　ー　ー
f

な し み は お な じ で は な い か も
な し み は お な じ で は な い か も
ー ー ー ー な い か
し れ な い け れ ど ほ ほ を
し れ な い け れ ど ほ ほ を
も し れ な い け れ ど ほ ほ を
つ た う な み だ は お な じ に ff あ た た か ー い
つ た う な み だ は お な じ に ff あ た た か ー い
つ た う お な じ に ff あ た た か ー い
ff

mf
あのときの　あこがーれ　あのとき　のおも
mf
あのときの　あこがーれ　あのとき　のおも
mf
い　なんども　きえ　ては　またやっ　てくる
い　なんども　きえ　ては　またやっ　てくる

どこかで やくそく した ような
どこかで やくそく したよ うーな と
きめいてる じぶん がいる うん
じぶんがいる うん
どう かいの ときのような かんきゃ
f
どう かいの ときのような かんきゃ
f

くも はくしゅも ない けれど
mp
くも はくしゅも ない けれど
f
ff mp
あるのは じぶん だけ のりこえたときも
あるのは じぶん だけ のりこえたときも
しっぱい したときも ゴールは じぶんとの やくそ
しっぱい したときも ゴールは じぶんとの やくそ

わたしの よろこ びは おなじで
わたしの よろこ びは おなじで
はないかも しれない けれど ほほを
はないかも しれない けれど ほほを
ないかも しれない けれど ほほを
つ たう なみだは おなじに
ff うみ の あじがする
つ たう なみだは おなじに
ff うみ の あじがする
f
つ たう おなじに
ff うみ の あじがする
ff

どこかで すべてつながっ
どこかで すべてつながっ
どこかで すべてつながっ
f
てうまれたんだね
mp もうすぐは
てうまれたんだね
mp もうすぐは
てうまれたんだね
mp もうすぐは
mp
る もうすぐはるです
る もうすぐはるです
る もうすぐはるです
Grandioso

f
f
ほ ほ を つ た う なみだは おなじ
f
ほ ほ を つ た う なみだは おなじ
f
ほ ほ を つ た う おなじ

に あ た た か ー い ど こ か で す べ て
ff
f
に あ た た か ー い ど こ か で す べ て
ff
f
に あ た た か ー い ど こ か で す べ て
ff
f
つ な が っ て いきてるんだ ね
つ な が っ て いきてるんだ ね
つ な が っ て いきてるんだ ね
もう すぐ は る う たを あなた に
もう すぐ は る う たを あなた に
もう すぐ は る う たを あなた に
mp
mosso

星の奇跡

詩　高丸もと子
曲　今成　満

A F#m7 DM7 E E+5
ふたりが このせかいに さよならする ひが きたとき ま
DM7 C#m7 F#7+5 Bm F#sus4 Bm7/E E
たたく ほしに なって あいするひとたちを みまもりましょう
F#m7 E DM7 C#7
それは はるかかこからの ほしの やくそく わたし
DM7 DM6 C#m7 F#m7 G E/G#_ /F#
が あなたのじんせいに なったとき わたしは あなた の
C#/G F#m7 A7/E B/D# /D AM7 /G# F#m7 E D E9
うみに なった わたしのうみで あなたは つばさやすめた-
DM7
A
それは とてもすば
AM7 DM7
らしい こと ほしのやくそく それは とてもすば
AM7
D.S.
らしい こと ほしのきせき-

作曲者略歴

和泉耕二

宮城県石巻市生まれ。国立音楽大学大学院音楽研究科作曲専攻終了。作曲を高田三郎、廣瀬量平、音楽理論を島岡譲、鵜崎庚一の各氏師事。大阪音楽大学副学長、大阪音楽大学名誉教授。元京都市立芸術大学講師。日本現代音楽協会、日本作曲家協議会、「21 世紀創作歌曲の会『まほろば』」会員。新作歌曲の会、オーケストラ・プロジェクト同人。『和泉耕二歌曲集』『八木重吉のうた』カワイ出版などがある。

今成　満

新潟県南魚沼市生まれ。上越教育大学、同大学院を卒業・修了。兵庫教育大学連合博士課程単位取得退学。新潟県小学校教員・校長を歴任後、音楽教育家・作曲家として長岡ジャズキッズ代表、上教大教育実習実地講師等。高丸もと子氏とのコラボで、CD 付児童合唱曲集『今日からはじまる』（パナムジカ）他、多数共作。新潟県内小中学校 7 校の校歌の作詞作曲他、記念歌等多数。映画『瞽女さの春』(新潟県文化活動推進補助事業) 音楽監督。YouTube Ch.

矢野正文

大阪学芸大学特設音楽過程作曲科卒業。山縣茂太郎、小山清茂の各氏に師事。兵庫県芸術文化団体「半どんの会」で文化功労賞、1996 年 1 月、読売新聞社の委託を受け阪神淡路大震災鎮魂合唱とオーケストラのための組曲「祈り／１・１７」の作曲を担当。今までに神戸山手女子高校音楽科、神戸女子短期大学などに勤務。神戸音楽家協会、作曲集団「たにしの会」「21 世紀創作歌曲の会『まほろば』」会員。著作多数。